Леся Українка

Камінний Господар

Драма

СПИС ДІЯЧІВ

Командор дон Гонзаго де Мендоза.
Донна Анна.
Дон Жуан*.
Долорес.
Сганарель – слуга дон Жуана.
Дон Пабло де Альварес – батько донни Анни.
Донна Мерседес –мати донни Анни.
Донна Соль.
Донна Консепсьйон – грандеса.
Маріквіта – покоївка.
Дуенья донни Анни.
Гранди, грандеси, гості, слуги.

*Тут ужито французької, а не іспанської вимови імення "Жуан", бо так воно освячене віковою традицією у всесвітній літературі. З тої самої причини ужито італьянської форми слова "донна". (Прим. Лесі Українки).

I

Кладовище в Севільї. Пишні мавзолеї, білі постаті смутку, мармур між кипарисами, багато квітів тропічних, яскравих.
Більше краси, ніж туги.

Донна Анна і Долорес. Анна ясно вбрана, з квіткою в косах, вся в золотих сіточках та ланцюжках. Долорес в глибокій жалобі, стоїть на колінах коло одної могили, убраної свіжими вінками з живих квіток.

Долорес
(устає і втирає хустинкою очі)

Ходім, Аніто!

Анна
(сідає на скамницю під кипарисом)

Ні-бо ще, Долорес,
тут гарно так.

Долорес
(сідає коло Анни)

Невже тобі принадна
могильна ся краса? Тобі, щасливій!

Анна
Щасливій?..

Долорес
Ти ж без примусу ідеш
за командора?

Анна
Хто б мене примусив?

Долорес
Ти ж любиш нареченого свого?

Анна
Хіба того не вартий дон Гонзаго?

Долорес
Я не кажу того. Але ти чудно
відповідаєш, Анно, на питання.

Анна
Бо се такі питання незвичайні.

Долорес
Та що ж тут незвичайного? Ми, Анно,
з тобою подруги щонайвірніші, —
ти можеш все мені казати по правді.

Анна
Спочатку ти мені подай сей приклад.
Ти маєш таємниці. Я не маю.

Долорес
Я?
Таємниці?

Анна
(сміючись)

Що? Хіба не маєш?
Ні, не спускай очей! Дай я погляну!

(Заглядає їй в очі і сміється).

Долорес
(із слізьми в голосі)

Не муч мене, Аніто!

Анна
Навіть сльози?
Ой господи, се пассія правдива!

Долорес закриває обличчя руками.

Ну, вибач, годі!

(Бере в руки срібний медальйон, що висить у Долорес на чорнім шнурочку на грудях).

Що се в тебе тута,
в сім медальйоні?
Тут, либонь, портрети
твоїх покійних батенька й матусі?

(Розкриває медальйона раніше, ніж Долорес устигла спинити її руку).

Хто він такий, сей прехороший лицар?

Долорес
Мій наречений.

Анна
Я того й не знала,
що ти заручена! Чому ж ніколи
тебе не бачу з ним?

Долорес
І не побачиш.

Анна
Чи він умер?

Долорес
Ні, він живий.

Анна
Він зрадив?

Долорес
Мене не зрадив він нічим.

Анна
(нетерпляче)

Доволі тих загадок. Не хочеш – не кажи.
Я лізти в душу силоміць не звикла.

(Хоче встати, Долорес удержує її за руку).

Долорес
Сядь, Анно, сядь. Чи ти ж того не знаєш,
як тяжко зрушити великий камінь?

(Кладе руку до серця).

А в мене ж тут лежить такий важкий
і так давно... він витіснив із серця
всі жалі, всі бажання, крім одного...
Ти думаєш, я плакала по мертвій
своїй родині? Ні, моя Аніто,
то камінь видавив із серця сльози...

Анна
То ти давно заручена?

Долорес
Ще зроду.
Нас матері тоді ще заручили,
як я жила у маминій надії.

Анна
Ох, як се нерозумно!

Долорес
Ні, Аніто.
Либонь, се воля неба, щоб могла я
його своїм по праву називати,
хоч він мені і не належить.

Анна
Хто він?

Як чудно се, що я його не знаю.

Долорес
Він – дон Жуан.

Анна
Який? Невже отой...

Долорес
Отой! Той самий! А який же другий
із сотень тисячів усіх Жуанів
так може просто зватись "дон Жуан",
без прізвиська, без іншої прикмети?

Анна
Тепер я розумію... Тільки як же?
Його вже скільки літ нема в Севільї...
Таж він баніт? *

Баніт – вигнанець.

Долорес
Я бачила його
останній раз, як ми були в Кадіксі,
він жив тоді, ховаючись в печерах...
жив контрабандою... а часом плавав
з піратами... Тоді одна циганка
покинула свій табір і за море
з ним утекла, та там десь і пропала,
а він вернувся і привіз в Кадікс
якусь мориску*, що струїла брата
для дон Жуана... Потім та мориска

пішла в черниці.

Мориски — мавританці, які, формально прийнявши християнство, потай сповідували іслам.

Анна
Се неначе казка.

Долорес
Однак се щира правда.

Анна
А за віщо
його банітувано? Щось я чула,
та невиразно.

Долорес
Він, як ще був пажем,
то за інфанту викликав на герець
одного принца крові.

Анна
Та інфанта
його любила?

Долорес
Так говорять люди,
а я не вірю.

Анна
Чому?

Долорес
Якби любила,
вона б для нього кинула Мадрід
і королівський двір.

Анна
Чи се ж так легко?

Долорес
Любові легкого шляху не треба,
адже толедська рабинівна – віри
зреклась для нього.

Анна
Потім що?

Долорес
Втопилась.

Анна
Ото, який страшний твій наречений!
Ну, правда, смак у нього не найкращий;
циганка, бусурменка і жидівка…

Долорес
Ти забуваєш про інфанту!

Анна
Ну, з інфантою все невиразна справа!

Долорес
Він, у вигнання їдучи, підмовив

щонайсвятішу абатису, внуку
самого інквізитора.

Анна
Невже?

Долорес
Ще потім абатиса та держала
таверну для контрабандистів.

Анна
(сміється)

Справді, він не без дотепу, твій дон Жуан!..
А ти неначе горда з того всього, –
рахуєш тих сперечниць, мов трофеї,
що лицар твій здобув десь на турнірі.

Долорес
А заздрю їм, Аніто, тяжко заздрю!
Чому я не циганка, щоб могла
зректися волі вільної для нього?
Чому я не жидівка? – я б стоптала
під ноги віру, щоб йому служити!
Корона – дар малий. Якби я мала
родину, – я б її не ощадила...

Анна
Долорес, бійся бога!

Долорес
Ох, Аніто,

найбільше заздрю я тій абатисі!
Вона душі рятунок віддала,
вона зреклася раю!

(Стискає руки Анні).

Анно! Анно!
Ти не збагнеш сих заздрощів ніколи!

А н н а
Я б їм не заздрила, тобою бувши,
нещасним тим покидькам. Ах, прости,
забула я, – він і тебе ж покинув!

Д о л о р е с
Мене не кидав він і не покине.

А н н а
Знов загадки! Та що се ти, Долорес?

Д о л о р е с
Ходила й я до нього в ту печеру,
де він ховався...

А н н а
(з палкою цікавістю)

Ну? і що ж? Кажи!

Д о л о р е с
Він був порубаний. Жону алькада
він викрасти хотів. Але алькад

її убив, а дон Жуана зранив...

Анна
Та як же ти дісталася до нього?

Долорес
Тепер я вже й сама того не тямлю...
То щось було, як гарячковий сон...
Гляділа я його, носила воду
опівночі, і рани обмивала,
і гоїла, і вигоїла.

Анна
Що ж?
Осе і все?

Долорес
Осе і все. Він встав,
а я пішла від нього знов додому.

Анна
Такою ж, як була?

Долорес
Такою, Анно,
як чиста гостя. І ти не думай,
що я б йому далася на підмову.
Ніколи в світі!

Анна
Але ж ти кохаєш
його шалено.

Долорес
Анно, то не шал!
Кохання в мене в серці, наче кров
у чаші таємній святого Граля.
Я наречена, і ніхто не може
мене сплямити, навіть дон Жуан.
І він се знає.

Анна
Як?

Долорес
Душею чує.
І він до мене має почуття,
але те почуття – то не кохання,
воно не має назви... На прощання
він зняв перстеника з руки моєї
і мовив: "Поважана сеньйорито,
як вам хто докорятиме за мене,
скажіть, що я ваш вірний наречений,
бо з іншою я вже не обміняюсь
обручками – даю вам слово честі".

Анна
Коли він се казав, – чи то ж не значить,
що він одну тебе кохає справді?

Долорес
(сумно хитає головою)

Словами серденька не одурити...
Мене з коханим тільки мрія в'яже.

Такими нареченими, як ми,
пригідно бути в небі райським духам,
а тут – яка пекельна з того мука!
Тобі того не зрозуміти, Анно, –
тобі збуваються всі сни, всі мрії...

Анна
"Всі сни, всі мрії" – се вже ти занадто!

Долорес
Чому занадто? Що тобі бракує?
Все маєш: вроду, молодість, кохання,
багатство, хутко будеш мати й шану,
належну командоровій дружині.

Анна
(засміявшись, устає)

Не бачу тільки, де тут сни і мрії.

Долорес
(з блідою усмішкою)

Та їх для тебе мовби вже й не треба.

Обидві панни походжають між пам'ятниками.

Анна
Кому ж таки не треба мрій, Долорес?
У мене є одна – дитяча – мрія...
Либонь, вона повстала з тих казок,

що баяла мені, малій, бабуся, –
я так любила їх...

Долорес
Яка ж то мрія?

Анна
Ет, так, химери!.. Мариться мені
якась гора стрімка та неприступна,
на тій горі міцний, суворий замок,
немов гніздо орлине... В тому замку
принцеса молода... ніхто не може
до неї доступитися на кручу...
Вбиваються і лицарі, і коні,
на гору добуваючись, і кров
червоними стрічками обвиває
підгір'я...

Долорес
От яка жорстока мрія!

Анна
У мріях все дозволено. А потім....

Долорес
(переймає)

...Один щасливий лицар зліз на гору
і доступив руки і серця панни.
Що ж, Анно, мрія ся уже справдилась,
бо та принцеса – то, звичайно, ти,
убиті лицарі – то ті панове,

що сватались до тебе нещасливо,
а той щасливий лицар – дон Гонзаго.

Анна
(сміється)

Ні, командор мій – то сама гора,
а лицаря щасливого немає
ніде на світі.

Долорес
Се, либонь, і краще,
бо що ж ти можеш лицареві дати
у надгороду?

Анна
Шклянку лимонади
для прохолоди!

(Уриває. Іншим тоном).

Глянь лишень, Долорес, –
як блимає у сій гробниці світло,
мов заслоняє хто і відслоняє...
Ну що, як там хто є?

Долорес
То кажани
навкруг лампади в'ються.

Анна
Я загляну...

(Заглядає крізь гратчасті двері у гробницю, сіпає Долорес за рукав і показує щось. Пошепки).

Дивись – там злодій!
Я кликну сторожу.

(Кидається бігти).

В ту хвилину одчиняються двері. Долорес скрикує і мліє.

Дон Жуан
(вийшовши з гробниці, до Анни)

Прошу вас, сеньйорито, не втікайте
і не лякайтесь. Я зовсім не злодій.

Анна вертається і нахиляється до Долорес.

Долорес
(очутившись, стиснула Анні руку)

Він, Анно, він!.. Чи я збожеволіла?

Анна
Ви – дон Жуан?

Дон Жуан
(укланяючись)

До вашої послуги.

Долорес
Як ви могли сюди прибути?

Дон Жуан
Кінно,
а потім пішки.

Долорес
Боже, він жартує!
Ви ж головою важите своєю!

Дон Жуан
Я комплімент оцей уперше чую,
що важу я не серцем, завжди повним,
а головою — в ній же, сеньйорито,
хоч, правда, є думки, та тільки легкі.

Анна
А що важкого єсть у вашім серці?

Дон Жуан
О сеньйорито, сеє може знати
лиш та, що візьме теє серце в ручку.

Анна
То ваше серце важене не раз.

Дон Жуан
Гадаєте?

Долорес
Ховайтесь! Як хто прийде,

то ви пропали!

Дон Жуан
Як уже тепер,
з очей прекрасних погляди прийнявши,
ще не пропав, то де ж моя погибель?

Анна усміхається, Долорес спускає чорний серпанок собі на обличчя і одвертається.

Анна
(махає на нього рукою)

Ідіть уже назад в свою домівку!

Дон Жуан
Се тільки рученька жіноча може
так легко посилати у могилу.

Долорес
(знов обертається до дон Жуана)

Невже ви мешкаєте в сьому склепі?

Дон Жуан
Як вам сказати?
Я тут мав прожити
сей день і ніч – мені не треба більше, –
та в сім дворі штивніша етикета,
ніж при дворі кастільськім, отже й там я
нездатен був додержать церемоній,
то де вже тут!

А н н а
Куди ж ви подастеся?

Д о н Ж у а н
Я й сам іще не знаю.

Д о л о р е с
Дон Жуане,
тут є тайник під церквою, сховайтесь.

Д о н Ж у а н
Навряд чи веселіше там, ніж тут.

Д о л о р е с
Ви дбаєте все про веселість!

Д о н Ж у а н
Чом же
про те не дбати?

А н н а
Отже якби хто
на маскараду кликав вас – пішли б ви?

Д о н Ж у а н
З охотою пішов би.

А н н а
То прошу вас.
Сей вечір в нашім домі бал масковий,
у мого батька Пабло де Альварес,
остатній бал перед моїм весіллям.

Всі будуть замасковані, крім старших,
мене і нареченого мого.

Дон Жуан
(до Долорес)

Ви будете на балі, сеньйорито?

Долорес
Ви бачите, сеньйоре, – я в жалобі.

(Відходить набік).

Дон Жуан
(до Анни)

А я жалоби не ношу ніколи
і з дякою запросини приймаю.

(Вклоняється).

Анна
Який костюм ваш буде?

Дон Жуан
Ще не знаю.

Анна
Се шкода. Я б хотіла вас пізнати.

Дон Жуан
По голосу пізнаєте.

Анна
Ви певні,
що я ваш голос так запам'ятаю?

Дон Жуан
Так от пізнаєте по сьому персні.

(Показує персня на своєму мізинці).

Анна
Ви завжди носите його?

Дон Жуан
Так, завжди.

Анна
Ви дуже вірний.

Дон Жуан
Так, я дуже вірний.

Долорес
(виходячи з бічної стежки)

Я бачу, Анно, дон Гонзаго йде.

*Дон Жуан ховається в гробницю.
Анна йде назустріч командорові.*

Командор
(повагом наближається. Він не дуже молодий, поважний і здержаний, з

*великою гідністю носить
свій білий командорський плащ)*

Ви тут самі? А де ж дуеньї ваші?

Анна
Вони зайшли до церкви, бо Долорес
очей не любить зайвих, як буває
на гробі рідних.

Командор
(поважно кивнувши головою до Долорес)
Я се розумію.

(До Анни).
А я прийшов до вашої господи,
хотів спитати вас, в яке убрання
ви маєте вдягтись для сього балу.

Анна
У біле. А навіщо вам се знати?

Командор
Дрібниця. Так, маленьке міркування.

Анна
Мене пізнаєте у кожній сукні,
бо маски я не наложу.

Командор
Се добре.
Мені було б неначе не до мислі,

щоб ви наділи маску.

Анна
А чому ж ви
про се не мовили ні слова досі?

Командор
Я волі вашої не хтів стісняти.

Долорес
Се чудно слухати, як наречений
боїться положить найменший примус
на ту, що хутко сам же він прив'яже
ще не такими путами до себе.

Командор
Не я її зв'яжу,
а бог і право.
Не буду я вільніший,
ніж вона.

Долорес
Чоловіки не часто так говорять,
а хоч говорять – хто з їх слово держить?

Командор
Тепер я не дивую, сеньйорито,
що ви не хтіли досі вийти заміж, –
без певності не варто брати шлюбу.

Анна
Чи всі ж ту певність мають?

Командор
Донно Анно,
коли б я знав, що ви мене не певні,
або не певен був себе чи вас,
я б зараз повернув вам ваше слово,
поки не пізно. Бо як буде дано
велику присягу...

Анна
Ох, се аж страшно!

Командор
То не любов, що присяги боїться.
Вам справді страшно?

Анна
Ні, се я жартую.

(До Долорес).
Ну, я ж тобі казала – він гора!

Командор
Знов жарт якийсь? Веселі ви сьогодні.

Анна
Чому ж мені веселою не бути,
коли я можу так на вас впевнятись,
як на камінну гору! Адже правда?

Командор
*(подає Анні руку, щоб вести її.
Анна приймає)*

Так, донно Анно. Я вам докажу,
що ви не помиляєтесь.

Ідуть. Долорес трохи позаду їх.

Анна
(несподівано голосно до Долорес)

А знаєш,
мені він здався кращим на портреті,
ніж так.

Долорес, ужахнувшись, мовчки дивиться на неї.

Командор
Хто?

Анна
Наречений Долоріти.

Командор
Хто ж він такий?

Анна
Се поки що секрет.
Та він сьогодні буде в нас на балі.

Виходять всі троє.

Сганарель
(слуга дон Жуана. Увіходить, оглядаючись,

наближається до гробниці)
А вийдіть, пане!

Дон Жуан
(виходить)
Як? То ти вже тута?

Сганарель
Привіт від донни Соль. Вона не хоче,
щоб ви до неї йшли, – боїться слави,
дуенья в неї зла. Вона воліє,
урвавшися як-небудь на часинку,
прийти сюди сама.

Дон Жуан
Уже? Так хутко?

Сганарель
Вам наче недогода?

Дон Жуан
(не слухає)
Роздобудь
мені який костюм для маскаради,
але порядний.

Сганарель
Звідки ж ви дізнались,
що донна Соль на маскараді буде
у молодої командора? Значить,
ви хочете її зустріти там
і взять сюди?

Дон Жуан
(захоплений іншою думкою)
Кого?

Сганарель
Та донну Соль!
Кого ж іще? Хіба ми не для неї
пригналися в Севілью?

Дон Жуан
Я не знаю.
Побачимо.

Сганарель
Ану ж ви розминетесь,
то що я буду тут робити з нею?

Дон Жуан
Нічого. Ти собі в таверну підеш,
вона ж до чоловіка.

Сганарель
Ей, мій пане!
Я доказав би кращого лицарства,
якби-то я був пан, а ви – слуга.

Виходить.
Дон Жуан ховається в мавзолей.

II

Осередній дворик (patio) в оселі сеньйора Пабло де Альварес, уряджений на маврітанський лад, засаджений квітками, кущами і невисокими деревами, оточений будовами з галереєю під аркадами, що поширена посередині виступом рундука і ложею (великою нішею); покрівля галереї рівна, з балюстрадою, як орієнтальний дах, і поширена в середній частині тим самим способом, що і галерея внизу; в обидва поверхи галереї ведуть з дворика осібні сходи: широкі і низькі – наділ, високі й вузенькі – нагору. Дім і галерея ясно освітлені. В дворику світла нема. На передньому плані дворика – альтанка, обплетена виноградом.

Дон Пабло і донна Мерседес, батько й мати Анни, розмовляють з командором у дворику. Вгорі по галереї походжає скілька гостей – ще небагато, – з ними донна Анна.

Командор
Дозволите мені сюди просити
прекрасну донну Анну на хвилинку?

Донна Мерседес
Аніто, йди сюди! Тут дон Гонзаго!

Анна
(перехиляється через балюстраду і заглядає вниз)
А вам сюди не ласка завітати?
Ах, правда, не горі нагору йти!

(Збігає, сміючись, прудко вділ).

Донна Мерседес
Ти, Анно, надто голосно смієшся.

Дон Пабло
*І жарти сі мені не до сподоби.
Ти мусиш пам'ятати...*

Командор
Не сваріте
моєї нареченої за теє,
що близький шлюб її не засмутив.
Я звик до жартів донни Анни.

Донна Мерседес
Пабло,
нам слід піти нагору гості бавить.

Командор
Прошу лишитись трошки. В нас в Кастілї
не звичай нареченим бути вдвох.
Та я не забарю вас. Донно Анно,
прошу прийняти сю малу ознаку
великої пошани і любові.

(Виймає з-під плаща коштовний перловий убір для голови і склоняється перед Анною).

Донна Мерседес
Що за чудові перли!

Дон Пабло
Командоре,
чи не занадто дорогий дарунок?

Командор
Для донни Анни?!

Анна
От ви задля чого
мене питали вранці про убрання!

Командор
Боюсь, я, може, не зумів добрати...
Але я думав, що як біле вбрання,

то білі перли саме...

Анна
Дон Гонзаго,
ви хочете зовсім не мати вад,
а се вже й не гаразд, – се пригнітає.

Донна Мерседес
(нишком, сіпнувши Анну)
Аніто, схаменись! Ти ж хоч подякуй!

Анна мовчки вклоняється командорові глибоким церемоніальним поклоном.

Командор
(здіймає убір над її головою)
Дозвольте, щоб я сам поклав сі перли
на гордовиту сю голівку, вперше
похилену передо мною низько.

Анна
(раптом випростується)
Хіба інакше ви б не досягли?

Командор
(наложивши на неї убір)
Як бачите, досяг.

Дворик сповняється юрбою маскованих і немаскованих, розмаїто убраних гостей, – одні зійшли з горішньої галереї, а другі увійшли з надвірньої брами. Межи тими,

що надійшли з брами, одна маска в
чорному, широкому, дуже фалдистому
доміно, обличчя їй щільно закрите маскою.

Голоси в юрбі гостей
(що зійшли з галереї)
Де наш господар?
Де господині?

Дон Пабло
Ось ми, любі гості.

Донна Мерседес
(до новоприбулих)
Таке рясне блискуче гроно гостей
красить наш дім.

Підстаркувата гостя
*(з новоприбулих до другої, давнішої,
нишком)*
Либонь, вже зрахувала
і скільки нас, і скільки ми коштуєм!..

Гостя друга
(так само до попередньої)
О, вже ж, Мерседес на рахунки бистра,
лиш на гостинність повільніша трохи...

Гостя-панночка
(до Анни, вітаючись)
Аніто,
як же ти препишно вбрана!

(Тихше).
А тільки в білому ти забліда.

Анна
О, се нічого,
се тепера мода.

(Ще тихше).
Як хочеш, я білил тобі позичу,
бо в тебе навіть і чоло червоне.

Панночка
Не треба, дякую.

(Одвертається, відступивши, і поправляє маску й волосся, щоб закрити лоба).

Молода пані
(нишком до другої, показуючи очима на Анну)
Який убір!

Друга молода пані
(іронічно)
Та тільки ж і потіхи!
Бідна Анна!..

Старий гість
(до дона Пабло)
А що, дон Пабло? вже тепер нарешті
покличе вас король до свого двору, –
такого зятя тесть...

Дон Пабло
Його величність
не по зятях, а по заслузі цінить.

Старий гість
На жаль, оцінки часом довго ждати.

Дон Пабло
Чи довго, ви самі зазнали ліпше.

(Повертається до іншого).
Ви, графе?
Як я радий! Честь яка!

Господар, господині, командор і гості йдуть у дім долішнім входом. Маска "Чорне доміно" лишається в дворику, незамітно відступивши в тінь від кущів. Незабаром Анна з молодшими дамами з'являється на горішньому рундуці.
Слуги розносять лимонаду та інші холодощі.

Дон Жуан
(замаскований, у маврітанському костюмі, з гітарою, входить з брами на дворик, стає проти рундука і, по короткій прелюдії, співає)

У моїй країні рідній
єсть одна гора з кришталю,
на горі тій, на шпилечку,

сяє замок з діамантів.
Лихо моє, Анно!
І росте посеред замку
квітка, в пуп'янку закрита,
на пелюсточках у неї
не роса, а тверді перли.
Лихо моє, Анно!
І на гору кришталеву
ні стежок нема, ні сходів,
в діамантовому замку
ані брами, ані вікон.
Лихо моє, Анно!
Та комусь не треба стежки,
ані сходів, ані брами,
з неба він злетить до квітки,
бо кохання має крила.
Щастя моє, Анно!

Під час співу "Чорне доміно" трохи виступає з кущів і прислухається, під кінець ховається.

Командор
(виходить на горішній рундук під кінець співу)
Які се тута співи, донно Анно?

Анна
Які? Не знаю, певне, маврітанські.

Командор
Я не про те питаю.

Анна
А про що ж?

(Не ждучи відповіді, бере у слуги шклянку лимонади і спускається до дон Жуана).

(До дон Жуана, подаючи лимонаду)
Бажаєте прохолодитись, може?

Дон Жуан
Спасибі,
не вживаю холодощів.

Анна кидає шклянку в кущі.

Командор
(надходить слідом за Анною)
Вам до сподоби пісня, донно Анно?

Анна
А вам?

Командор
Мені зовсім не до сподоби.

Дон Жуан
Я вам не догодив, сеньйоре? Шкода.
Я думав, що зарученим то саме
і слід почути пісню про кохання.

Командор
В тій вашій пісні приспів недоречний.

Дон Жуан
На жаль, його не міг я проминути, –
так вимагає маврітанський стиль.

Анна
Ви до костюма добирали пісню?

З брами увіходить гурт молодіжі, паничів; побачивши Анну, молодіж оточує її.

Голоси з гурту
О донно Анно! донно Анно, просим,
з'явіть нам ласку! Се ж остатній вечір
дівочої незв'язаної волі!

Анна
Мої панове, в чім бажання ваше?

Один лицар
Ми просимо, щоб ви самі вказали,
Хто має вам служить в которім танці.

Анна
Щоб я сама просила?..

Другий лицар
Не просити,
наказувати маєте! Ми будем
рабами вашими в сей вечір!

Анна
Добре,

що хоч не довше, бо вже я не знаю,
що б вам на те сказали ваші дами.
Чи, може, вас від їх рятують маски?

Третій лицар
(скидаючи маску)
Всі зорі бліднуть перед сонцем!

Анна
Дійсно,
сей комплімент не потребує маски,
бо він доволі вже поважний віком.

*Лицар знов надіває маску
і відступає в гурт.*

Анна
(до молодіжі)
Що ж, станьте в ряд, я буду призначати.

*Всі стають в ряд,
і дон Жуан між ними.*

Командор
(тихо до Анни)
Чи се такий в Севільї звичай?

Анна
Так.

Командор
Чи й я повинен стати?

Анна
Ні.

Командор відходить.

Панове,
ви вже готові?

(До дон Жуана).
Як же ви, поклонче
змінливої планети, стали в ряд?
Хіба вам звичай дозволяє танці?

Дон Жуан
Для надзвичайної зламаю звичай.

Анна
За се я вам даю танець найперший.

*Дон Жуан вклоняється по-східному: прикладає правицю до серця, до уст і до чола, потім закладає руки навхрест на грудях і схиляє голову.
При тих рухах поблискує золотий перстень на мізинці.*

Дон Жуан
Один?

Анна
Один. Вам другого не буде.
(До молодіжі).

Я вас, панове, позначу рукою,
хай всяк свою чергу запам'ятає.

(Швидко вказує рукою на кождого панича по черзі, один панич зостається непозначеним).

Панич
А я ж? А я? Мені ж яка черга?

Один з гурту
Остання, очевидно.

Сміх. Панич стоїть збентежений.

Анна
(до панича)
Мій сеньйоре,
я мусульманину дала найпершу,
бо він останнім буде в царстві божім,
ви ж, я в тім певна, добрий католик,
і вам не страшно буть останнім тута.

Панич
Се в перший раз, що я б хотів буть мавром!

Дон Жуан
Е, не в чергу попав ваш комплімент, —
либонь, судився вам душі рятунок!

Анна
(плеще в долоні)

Мої піддані! годі! Час до танцю!

(Перша рушає нагору, за нею молодь).

З горішнього поверху чутно грім музики. Починаються танці, що розпросторюються на горішній рундук і галерею. Донна Анна йде в першій парі з дон Жуаном, потім її переймають інші паничі по черзі. Командор стоїть на розі ніші, прихилившись до виступу стіни, і дивиться на танці. "Чорне доміно" зорить здолу і непомітно для себе виходить на освітлене місце перед рундуком. Дон Жуан, скінчивши танець, схиляється на балюстраду, зацважає "Чорне доміно" і зіходить удол, воно тим часом поспішно ховається в тінь.

Маска-Соняшник
(входить збоку, переймає дон Жуана і хапає його за руку)
Ти дон Жуан! Я знаю!

Дон Жуан
Я хотів би
тебе так добре знати, гарна маско.

Маска-Соняшник
Ти знаєш!
Не вдавай!
Я – донна Соль!
(Зриває з себе маску).

Дон Жуан
Пробачте.
В соняшнику справді трудно
впізнати сонце.

Донна Соль
Ти смієшся з мене?
Тобі ще мало глуму?

Дон Жуан
Де?
Якого?

Донна Соль
(понуро)
Я тільки що була на кладовищі.

Дон Жуан
Вас бачив хто?

Донна Соль
Сього ще бракувало!
Ніхто, запевне.

Дон Жуан
Ну, то в чім же діло?
Хіба зустрітися на маскараді
не веселіше, ніж на кладовищі?

Донна Соль
(сягає рукою за пояс)
О! я забула взяти свій кинджал!

Дон Жуан
(вклоняючись, подає їй свій стилет)
Прошу, сеньйоро.

Донна Соль
(відштовхує його руку)
Геть!

Дон Жуан
(ховає стилет)
Непослідовно.
Що ж вам бажано, прехороша пані?

Донна Соль
Не знаєте?

Дон Жуан
Ні, далебі, не знаю.

Донна Соль
Ви пам'ятаєте, що ви писали?

Дон Жуан
Я вам писав: "Покиньте чоловіка,
як він вам осоружний, і втікайте".

Донна Соль
З ким?

Дон Жуан
А конечне треба з кимсь?
Хоч і зо мною. Можу вас провести.

Донна Соль
Куди?

Дон Жуан
В Кадікс.

Донна Соль
Навіщо?

Дон Жуан
Як навіщо?
Хіба на волю вирватись – то мало?

Донна Соль
То ви мене просили на стрівання,
щоб се сказати?

Дон Жуан
А для чого ви
на те стрівання йшли? Чи ви хотіли
підсолодити трохи гірку страву
подружніх обов'язків? Вибачайте,
я солодощів готувать не вчився.

Донна Соль
(подається до сходів на рундук)
Ви ще мені заплатите за се!

"Чорне доміно"
(виходячи на світло і переймаючи донну Соль. Ненатурально зміненим голосом)
Твій муж тобі дозволить плату взяти?

*Донна Соль миттю вибігає геть за браму.
"Чорне доміно" хоче сховатись у тінь,
дон Жуан заступає йому дорогу.*

Дон Жуан
Ти хто, жалобна маско?

"Чорне доміно"
Тінь твоя!

Спритно втікає від дон Жуана, ховаючись поза кущами, забігає в альтанку і там прищулюється. Дон Жуан, втерявши "Чорне доміно" з очей, подається в інший бік, шукаючи його. На горішньому рундуці донна Анна танцює сегедильї.

Один лицар
(*коли Анна скінчила танець*)

Осе ж ви танцювали, донно Анно,
по наших всіх серцях.

Анна
Невже? Здавалось
мені, що я танцюю по помості.
Чи се у вас такі тверді серця?

Другий лицар
(*підходить до Анни і вклоняється,
запрошуючи до танцю*)
Тепер моя черга.

Анна
(складає долоні)
Сеньйоре, пробі!

Другий лицар
Я підожду. Але черга за мною?

Анна
Звичайно.

(Встає і, замішавшись межи гостями, зникає, потім з'являється в дворику, вийшовши долішніми сходами).

Донна Анна надходить до альтанки. "Чорне доміно" вибігає звідти швидко, але без шелесту, і ховається в кущах. Анна падає в знесиллі на широкий ослін в альтанці.

Дон Жуан
(наближається до неї)
Се ви тут? Вибачайте, вам недобре?

Анна
(сіла рівніше)
Ні, просто втомлена.

Дон Жуан
Іти на гору?

Анна
Як?.. А!.. Між іншим, я найбільш втомилась

від безконечних дотепів сей вечір.

Дон Жуан
Я в думці мав не дотеп.

Анна
Що ж інакше?

Дон Жуан
Я думав: що могло примусить вас
нагірної в'язниці домагатись?

Анна
В'язниці? Я гадаю, просто замку,
а замки завжди на горі стоять,
бо так величніше і неприступніш.

Дон Жуан
Я дуже поважаю неприступність,
як їй підвалиною не каміння,
а щось живе.

Анна
Стояти на живому
ніщо не може, бо схибнеться хутко.
Для гордої і владної душі
життя і воля – на горі високій.

Дон Жуан
Ні, донно Анно, там немає волі.
З нагірного шпиля людині видко
простори вільні, та вона сама

прикована до площинки малої,
бо леда крок – і зірветься в безодню.

А н н а
(в задумі)
То де ж є в світі тая справжня воля?..
Невже вона в такім житті, як ваше?
Адже між людьми ви, мов дикий звір
межи мисливцями на полюванні, –
лиш маска вас боронить.

Д о н   Ж у а н
Полювання
взаємне межи нами. Що ж до маски –
се тільки хитрощі мисливські. Зараз
її не буде.

(Скидає маску і сідає коло Анни).

Вірте, донно Анно:
той тільки вільний від громадських пут,
кого громада кине геть від себе,
а я її до того сам примусив.
Ви бачили такого, хто, йдучи
за щирим голосом свойого серця,
ніколи б не питав: "Що скажуть люди?"
Дивіться, – я такий. І тим сей світ
не був мені темницею ніколи.
Легенькою фелюкою злітав я
простор морей, як перелітна птиця,
пізнав красу далеких берегів
і краю ще не знаного принаду.

При світлі волі всі краї хороші,
всі води гідні відбивати небо,
усі гаї подібні до едему!

Анна
(стиха)
Так... се життя!

Пауза.

Нагорі знов музика й танці.

Дон Жуан
Як дивно! знов музика.

Анна
Що ж дивного?

Дон Жуан
Чому, коли вмирає
старе і горем бите, всі ридають?
А тут – ховають волю молоду,
і всі танцюють...

Анна
Але й ви, сеньйоре,
теж танцювали.

Дон Жуан
О,
якби ви знали,
що думав я тоді!

Анна
А що?

Дон Жуан
Я думав:
"Коли б, не випускаючи з обіймів,
її помчати просто на коня
та й до Кадікса!"

Анна
(встає)
Чи не забагато
ви дозволяєте собі, сеньйоре?

Дон Жуан
Ох, донно Анно, та невже потрібні
і вам оті мізерні огорожі,
що нібито обороняти мають
жіночу гідність? Я ж бо силоміць
не посягну на вашу честь, не бійтесь.
Жінкам не тим страшний я.

Анна
(знов сідає)
Дон Жуане,
я не боюся вас.

Дон Жуан
Я вперве чую
такі слова з жіночих уст!
Чи, може,
ви тим собі додаєте одваги?

Анна
Одвага ще не зрадила мене
в житті ні разу.

Дон Жуан
Ви й тепер в ній певні?

Анна
Чому ж би ні?

Дон Жуан
Скажіть мені по правді,
чи ви зазнали волі хоч на мить?

Анна
У сні.

Дон Жуан
І в мрії?

Анна
Так, і в мрії теж.

Дон Жуан
То що ж вам не дає ту горду мрію
життям зробити? Тільки за поріг
переступіть – і цілий світ широкий
одкриється для вас! Я вам готовий
і в щасті і в нещасті помагати,
хоч би від мене серце ви замкнули.
Для мене найдорожче – врятувати
вам гордий, вільний дух! О донно Анно,

я вас шукав так довго!

Анна
Ви шукали?
Та ви ж мене зовсім не знали досі!

Дон Жуан
Не знав я тільки вашого імення,
не знав обличчя, але я шукав
у кожному жіночому обличчі
хоч відблиска того ясного сяйва,
що промениє в ваших гордих очах.
Коли ми двоє різно розійдемось,
то в божім творині немає глузду!

Анна
Стривайте. Не тьмаріть мені думок
речами запальними. Не бракує
мені одваги йти в широкий світ.

Дон Жуан
(встає і простягає їй руку)
Ходім!

Анна
Ще ні.
Одваги тут не досить.

Дон Жуан
Та що ж вас не пускає?
Сії перли?
Чи та обручка, може?

Анна
Се? Найменше!

(Здіймає перловий убір з голови і кладе на ослоні, а обручку, знявши, держить на простягненій долоні).

Ось покладіть сюди і ваш перстеник.

Дон Жуан
Навіщо він вам?

Анна
Не бійтесь, не надіну.
В Гвадалквівір я хочу їх закинуть,
як будемо переїздити міст.

Дон Жуан
Ні, сього персня я не можу дати.
Просіть, що хочете…

Анна
Просити вас
я не збиралась ні про що. Я хтіла
лиш перевірити, чи справді є
на світі хоч одна людина вільна,
чи то все тільки "маврітанський стиль",
і ви самі за ту хвалену волю
не віддасте й тоненької каблучки.

Дон Жуан
А все життя віддам!

Анна
(знов простягає руку)
Обручку!

Дон Жуан
Анно!
Обручка та не є любові знак.

Анна
А що ж? кільце з кайданів? Дон Жуане,
І вам не сором в тому признаватись?

Дон Жуан
Я слово честі дав її носити.

Анна
Ах, слово честі?

(Встає).

Дякую, сеньйоре,
що ви мені те слово нагадали.

(Надіває знову убір і свою обручку і хоче відійти).

Дон Жуан
(падає на коліна)
Я вас благаю, донно Анно!

Анна
(з гнівним рухом)

Годі!
Доволі вже комедії! Вставайте!

(Обертається і бачить командора, що наближається від дому до альтанки).

Прошу вас, дон Гонзаго, проведіть мене нагору знову.

Командор
Донно Анно,
скажіть мені того сеньйора ймення.

Анна
Той лицар — наречений Долоріти.
Інакше він не сміє називатись.

Дон Жуан
У мене єсть ймення — дон Жуан.
Се ймення всій Іспанії відоме!

Командор
Ви той баніт, кого король позбавив
і честі, й привілеїв? Як ви сміли
в сей чесний дім з'явитись?

Дон Жуан
Привілеї
король дає, король і взяти може.
А честь моя, так само, як і шпага,
мені належать — їх ніхто не зломить!
Чи хочете попробувати, може?

(Вихоплює шпагу і стає в позицію до поєдинку).

Командор
(закладає руки навхрест)
З банітами ставать до поєдинку
не личить командорові.

(До Анни).
Ходім.

(Бере Анну під руку і рушає, обернувшись плечима до дон Жуана).

Дон Жуан кидається за командором услід і хоче проткнути його шпагою. З тіні виринає "Чорне доміно" і хапає дон Жуана за руку обома руками.

"Чорне доміно"
(незміненим голосом, так що можна пізнати голос Долорес)
Немає честі нападати ззаду!

Анна оглядається. Дон Жуан і Долорес вибігають за браму.

Командор
Не оглядайтесь.

Анна
Вже нема нікого.

Командор
(випускає Аннину руку і зміняє спокійний тон на грізний)
Він як сюди дістався, донно Анно?

Анна
Кажу ж вам, як Долорес наречений.

Командор
Чого ж було стояти на колінах?

Анна
Кому?

Командор
Та вже ж йому тут перед вами!

Анна
Не навпаки? Ну, то про що ж розмова?

Командор
І ви могли дозволити...

Анна
Мій боже! Хто ж дозволу на сії речі просить?
Се, може, та кастільська етикета
наказує звертатися до дами:
"Дозвольте, пані, стати на коліна".
У нас за сеє кожна осміяла б.

Командор
Як ви привикли все збувати сміхом!

Анна
Та змилуйтесь! якби я кожен раз,
відкоша даючи, лила ще сльози,
то в мене б очі вилиняли досі!
Невже б вам справді так сього хотілось?
Вам дивно се, що я за ним услід
не простягаю рук, не плачу гірко,
не сповідаюся тут перед вами
в злочинному коханні, що мов буря
налинуло на серце безборонне?
Була б я мов Ізольда в тім романі,
та шкода, я до того не в настрою, –
якраз охоту маю до фанданга!
О! чую, саме грають…
la-la-la!..
Ходім, дон Гонзаго! я полину,
як біла хвиля, у хибкий танець,
а ви спокійно станете, мов камінь.
Бо знає камінь, що танок свавільний
скінчить навіки хвиля – коло нього.

Командор веде Анну попід руку нагору, де танцюють.

III

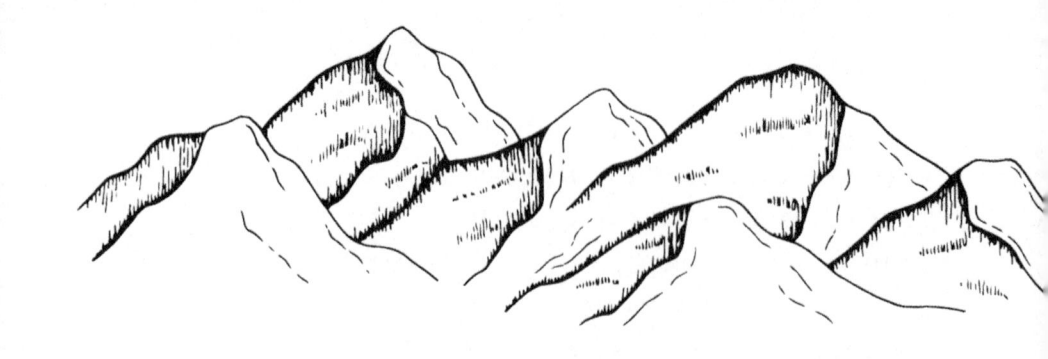

Печера на березі моря в околиці Кадікса. Дон Жуан сидить на камені і точить свою шпагу. Сганарель стоїть коло нього.

Сганарель
Навіщо ви все точите ту шпагу?

Дон Жуан
Так, звичка.

Сганарель
Ви ж тепер на поєдинки
вже не виходите.

Дон Жуан
Не маю з ким.

Сганарель
Хіба людей не стало?

Дон Жуан
Всі ті люди

не варті сеї шпаги.

Сганарель
Може, й шпага
когось не варта?

Дон Жуан
(грізно)
Ти!!

Сганарель
Пробачте, пане,
то жарт безглуздий. Я вже й сам не тямлю,
де в мене тії дурощі беруться, –
от наче щось сіпне!

Дон Жуан
Іди! Не застуй!

Сганарель, посміхнувшись, виходить.

(Дон Жуан далі точить шпагу).

Ет, знову пощербив! Геть, на зламання!
(Кидає шпагу).

Сганарель
(вбігає, швидко і нишком)
Мій пане, утікаймо!

Дон Жуан
Ще чого?

Сганарель
Нас викрито. Я бачив: недалечке
чернець якийсь блукає.

Дон Жуан
Ну то що?

Сганарель
Се шпиг від інквізиції, напевне,
а може, й кат з отруєним стилетом.

Дон Жуан
Шпигів я не боюся – звик до них,
а шпага в мене довша від стилета.
Веди ченця, коротша буде справа.
Скажи йому, що сповіді бажає
всесвітній грішник дон Жуан.

Сганарель
Гаразд.
Ви не дитина, я при вас не нянька.

*Виходить і незабаром приводить в печеру
ченця, невисокого на зріст, тонкого, в одежі
"невидимок" – в чорній відлозі (каптурі), що
закриває все обличчя, тільки, для очей у ній
прорізані дірки.*

Дон Жуан
(встає назустріч із шпагою в руках)
Мій отче, або, може, краще – брате,
чому завдячую такі святії

одвідини?

Чернець робить рукою знак, щоб Сганарель вийшов.

Ти вийди, Сганарелю.

(Бачачи, що Сганарель не спішиться, пошепки до нього).

Поглянь, в ченця рука жіноча.

Сганарель
Щоб їх!

*(Махнувши рукою, виходить),
Дон Жуан кладе шпагу на камінь. З-під одкинутої відлоги раптом виступає обличчя Долорес.*

Дон Жуан
Долорес?! Ви? і знов у сій печері...

Долорес
Я знов прийшла порятувати вас.

Дон Жуан
Порятувати? Хто ж се вам сказав, що нібито мені рятунку треба?

Долорес
Сама я знала се.

Дон Жуан
Я ж не слабий,
як бачите, – веселий, вільний, дужий.

Долорес
Ви хочете, щоб вам здавалось так.

Дон Жуан
(на мить замислюється, але хутко підводить голову різким, упертим рухом)
Я бачу, сеньйорито, ваша одіж
настроїла вас на чернечий лад.
Але я вам не буду сповідатись, –
мої гріхи не для панянських слухів.

Долорес мовчки виймає два сувої пергаменту і подає їх дон Жуанові.

Ні, вибачте, Долорес! Я не хтів
зневажить вас, мені було б се прикро.
Що ви мені принесли?

Долорес
Прочитайте.

Дон Жуан
(швидко переглядає пергаменти)
Декрет від короля...
і папська булла...*
Мені прощаються усі злочини
і всі гріхи... Чому? З якої речі?..
І як до вас дістались сі папери?

* Булла – грамота, постанова або розпорядження папи римського, скріплені печаткою.

Долорес
(спустивши очі)
Ви не догадуєтесь?

Дон Жуан
О Долорес!
Я розумію. Знов ви наложили
на мене довг якийсь. Та вам відомо,
що я привик свої довги платити.

Долорес
Я не прийшла сюди з вас плату править.

Дон Жуан
Я вірю вам. Але я не банкрот.
Колись я вам заставу дав – обручку,
тепер готовий виплатить весь довг.
Уже ж я не баніт, а гранд іспанський,
і вам не сором буде стать до шлюбу
зо мною.

Долорес
(із стогоном)
Боже! Діво пресвятая!
Я сподівалася, що сеє буде...
але щоб так мою останню мрію
я мусила ховати...
(Голос їй перехоплює спазма стриманих сліз).

Дон Жуан
Я вразив вас? Та чим, Долорес?

Долорес
Ви не зрозуміли?
Гадаєте, що як іспанський гранд
дочці гідальга кине шлюбний перстень,
немов гаман з червінцями лихварці,
то в ній повинно серце розцвісти,
а не облитись кров'ю?

Дон Жуан
Ні, Долорес,
і ви ж мене повинні зрозуміти:
ніякій дівчині, ніякій жінці
не був я досі винен зроду!

Долорес
Справді?
Ви, дон Жуан, нічим не завинили
проти жіноцтва?

Дон Жуан
Ні. Нічим, ніколи.
Я кожен раз давав їм теє все,
що лиш вони могли змістити: мрію,
коротку хвилю щастя і порив,
а більшого з них жадна не зміщала,
та іншій і того було надміру.

Долорес
А ви самі могли змістити більше?

(Пауза).

Платити вам не прийдеться сей раз.
Візьміть назад сю золоту "заставу".

(Хоче зняти з своєї правиці обручку).

Дон Жуан
(вдержує її руку)
Ні,
то належить вам з святого права.

Долорес
Я вже сама до себе не належу.
Вже й се видиме тіло не моє.
Сама душа у сьому тілі – дим
жертовного кадила, що згорає
за вашу душу перед богом...

Дон Жуан
Що се?
Я ваших слів не можу зрозуміти.
Ви мов заколота кривава жертва,
такі в вас очі... Сей декрет, ся булла..
Ви як їх здобули? Я вас благаю,
скажіть мені!

Долорес
Навіщо вам те знати?

Дон Жуан
Ще, може, я зречуся тих дарів.

Долорес
Ви їх зректись не можете, я знаю.
А як вони здобуті – все одно.
Не перший раз за вас загине жінка,
якби ж то хоч, остатній!

Дон Жуан
Ні, скажіть.
Коли не скажете, я можу здумать,
що спосіб добування був ганебний,
бо чесний покриву не потребує.

Долорес
"Ганебний"... "чесний"... як тепер далеко
від мене сі слова... Що ж, я скажу:
я за декрет сей тілом заплатила.

Дон Жуан
Як?..

Долорес
Я не можу довше пояснять.
Ви знаєте всі норови двірські, –
там платиться за все коли не злотом,
то...

Дон Жуан
Боже! Як же страшно се, Долорес!

Долорес
Вам страшно?
Я сього не сподівалась.

Дон Жуан
А вам?

Долорес
Я вже нічого не боюся.
Чого мені жахатися про тіло,
коли не побоялась я і душу
віддати, щоб за буллу заплатити?

Дон Жуан
Та хто ж душею платить?

Долорес
Всі жінки,
коли вони кохають. Я щаслива,
що я душею викупляю душу,
не кожна жінка має сеє щастя.
Святий отець вам душу визволяє
від кар пекельних через те, що я
взяла на себе каяться довічно
за ваші всі гріхи. В монастирі
з уставом найсуворішим я буду
черницею. Обітницю мовчання,
і посту, й бичування дам я богу.
Зректися маю я всього, Жуане,
і навіть – мрій і спогадів про вас!
Лиш пам'ятать про вашу душу буду,
а власну душу занедбаю. Піде
моя душа за вас на вічні муки.
Прощайте.

Дон Жуан стоїть мовчки, приголомшений.

(Долорес рушає, але зараз зупиняється).

Ні, ще раз! Остатній раз
я подивлюся ще на сії очі!
Бо вже ж вони мені світить не будуть
в могильній тьмі того, що буде зватись
моїм життям... Візьміте ваш портрет.

(Здіймає з себе медальйон і кладе на камінь).

Я маю пам'ятать про вашу душу,
більш ні про що.

Дон Жуан
Але якби я вам
сказав, що мить єдина щастя з вами
тут, на землі, дорожча задля мене,
ніж вічний рай без вас на небесах?

Долорес
(екстатичне, як мучениця на тортурах)
Я не прошу мене не спокушати!
Сей півобман... коли б він міг до краю
се серце сторожкеє одурити!
Святая діво! дай мені принести
за нього й сюю жертву!.. О Жуане,
кажіть мені, кажіть слова кохання!
Не бійтеся, щоб я їх прийняла.
Ось вам обручка ваша.
(Здіймає і хоче подати дон Жуанові обручку, але рука знесилено падає, обручка котиться додолу).

Дон Жуан
(підіймає обручку і надіває знову на руку Долорес)
Ні, ніколи
я не візьму її. Носіть її
або мадонні дайте на офіру,
як хочете. На сю обручку можна
дивитися черниці. Ся обручка
не збудить грішних спогадів.

Долорес
(тихо)
Се правда.

Дон Жуан
А вашої я не віддам нікому
довіку.

Долорес
Нащо вам її носити?

Дон Жуан
Душа свої потреби має й звички,
так само, як і тіло. Я хотів би,
щоб ви без зайвих слів се зрозуміли.

Долорес
Пора вже йти мені… Я вам прощаю
за все, що ви…

Дон Жуан
Спиніться! Не тьмаріть

ясного спогаду, про сю хвилину!
За що прощати? Я ж тепера бачу,
що я і вам не завинив нічого.
Адже ви через мене досягли
високого, пречистого верхів'я!
Невже мене за се прощати треба?
О ні, либонь, ви в слові помилились!
У серці сторожкім такеє слово
вродитись не могло. Вам не потрібні
такі слова, коли ви стали вище
від ганьби й честі. Правда ж так, Долорес?

Долорес
Здається, слів ніяких більш не треба.

(Хоче йти).

Дон Жуан
Стривайте ще, Долорес...
Ви в Мадріді
одвідали сеньйору де Мендоза?

Долорес
(спиняється)
Ви... ви... мене питаєте про неї?

Дон Жуан
Я бачу, рано вам ще в монастир.

Долорес
(перемагає себе)
Я бачила її.

Дон Жуан
Вона щаслива?

Долорес
Здається,
я щасливіша від неї.

Дон Жуан
Вона про мене не забула?

Долорес
Ні.

Дон Жуан
Почім ви знаєте?

Долорес
Я серцем чую.

Дон Жуан
Се все,
що хтів я знати.

Долорес
Я вже йду.

Дон Жуан
Ви не питаєте мене, навіщо
мені се треба знати?

Долорес
Не питаю.

Дон Жуан
І вам не тяжко се?

Долорес
Я не шукала
ніколи стежки легкої. Прощайте.

Дон Жуан
Прощайте. Я ніколи вас не зраджу.

Долорес закриває раптом обличчя відлогою і виходить з печери не оглядаючись.

Сганарель увіходить і докірливо дивиться на дон Жуана.

Дон Жуан
(*скоріш до себе, ніж до слуги*)
Яку я гарну вигартував душу!

Сганарель
Чию? Свою?

Дон Жуан
Ущипливе питання,
хоч несвідоме!

Сганарель
Думаєте, пане?

Дон Жуан
А ти що думаєш?

Сганарель
Що я видав вас
ковадлом і клевцем, а ще ніколи
не бачив ковалем.

Дон Жуан
То ще побачиш.

Сганарель
Шкода! пропало вже!

Дон Жуан
Що?
де пропало?

Сганарель
Пішла в черниці ваша доля, пане.

Дон Жуан
То ти підслухував?

Сганарель
А ви й не знали?
Хто має слуги, той повинен звикнуть,
що має повсякчас конфесьйонал.

Дон Жуан
Але щоб так нахабно признаватись!..

Сганарель
То треба буть слугою дон Жуана.
Мій пан відомий щирістю своєю.

Дон Жуан
Ну, не плещи!.. То тінь моя пішла,
зовсім не доля. Доля жде в Мадріді.
Сідлай лиш коней. Ми тепер поїдем
ту долю добувати. Швидше! Миттю!

Сганарель виходить. Дон Жуан бере шпагу до рук і проводить рукою по лезі, пробуючи її гострість, при тому всміхається.

IV

Оселя командорова в Мадріді. Опочивальня донни Анни, велика, пишно, але в темних тонах убрана кімната.

Високі, вузькі вікна з балконами сягають сливе до підлоги, жалюзі на них закриті. Донна Анна у сивій з чорним півжалобній сукні сидить при столику, перебирає у скриньці коштовні покраси і примірює їх до себе, дивлячись у свічадо.

Командор
(увіходить)
Чого се ви вбираєтесь?

Анна
На завтра
покраси вибираю. Завтра хочу
піти на бій биків.

Командор
У півжалобі?!

Анна
(з досадою відсуває покраси)
Ох, ті жалоби! і коли їм край?

Командор
(спокійно)
Ся має вісім день іще тривати.

По дядькові вона не дуже довга.

Анна
Найцікавіше те, що я і в вічі
не бачила ніколи того дядька.

Командор
То справи не зміняє. Ви тепер
належите до дому де Мендозів,
тож вам годиться шанувати пам'ять
всіх свояків.

Анна
Продовж їм, боже, віку!
Бо се тепер по дядькові жалоба,
а то була по тітці, перед нею ж –
коли б не помилитись! – брат у третіх
чи небіж у четвертих нам помер...

Командор
На кого ви розсердились?

Анна
Я тільки хотіла пригадати, скільки днів
я не була в жалобі з того часу,
як з вами одружилась.

Командор
Цілий місяць.

Анна
(іронічно)

Ах, цілий місяць? Се багато, справді!

Командор
Не розумію вашої досади.
Невже-таки для марної розваги
ладні ви занедбати всі почесні
звичаї давні?

Анна
(встає)
Що се за слова?
Я не додержую звичаїв чесних?
Коли я що ганебного вчинила?

Командор
Про щось ганебне й мови буть не може,
але для нас і збочення найменше
було б ступнем до прірви. Не забудьте,
що командорський плащ мені дістався
не просьбами, не грішми, не насильством,
але чеснотою. З нас, де Мендозів,
були здавен всі лицарі без страху,
всі дами без догани. Чи ж подоба,
щоб саме вас юрба могла огудить,
коли ви завтра...

Анна
(роздратовано)
Я не йду нікуди.

Командор
Зовсім нема потреби замикатись.

Ми завтра маємо піти до церкви.

Анна
Я не збиралася до церкви завтра.

Командор
А все-таки ми мусимо піти, —
казати казань має фра Іньїго.

Анна
Се найнудніший в світі проповідник!

Командор
Я з вами згоджуюсь. Та королева
злюбила ті казання. Отже, ходить
і цілий двір на них. Коли не буде
з усіх грандес лиш вас, то се помітять.

Анна мовчки зітхає.
(Командор виймає з кишені молитовні чітки з димчастого кришталю).

Я вам купив чітки до півжалоби,
а трохи згодом справлю з аметисту.

Анна
(бере чітки)
Спасибі, тільки нащо се?

Командор
Вам треба
пишнотою всіх дам переважати.

І ще, будь ласка, як прийдем до церкви,
не попускайте донні Консепсьйон
край королеви сісти. Теє місце
належить вам. Прошу вас пам'ятати,
що нам належить перше місце всюди,
бо ми його займати можем гідно,
і нас ніхто не може замінити, –
ручить за те не тільки честь Мендозів,
а й ордену мого почесний прапор.
Коли ж не тільки донна Консепсьйон,
а й королева схоче те забути,
то я не гаючись покину двір,
за мною рушить все моє лицарство,
і вже тоді нехай його величність
придержує корону хоч руками,
щоб часом не схитнулась. Я зумію
одважно боронити прав лицарських,
та тільки треба, щоб вони були
всім навіч безперечні, а для того
ми мусим пильнувать не тільки честі,
але й вимог найменших етикети,
щонайдрібніших. Хай вони здаються
для вас нудними, марними, без глузду..

Анна
Терпливосте свята!

Командор
Так, справді треба
молитись до терпливості святої,
коли хто хоче встоять на верхів'ї
тих прав, що вимагають обов'язків.

Права без обов'язків – то сваволя.

Анна знов зітхає.

Зітхаєте? Що ж, вам було відомо,
які вас тут повинності чекають.
Свідомо ви обрали вашу долю,
і ваше каяття прийшло запізно.

Анна
(гордо)
І в думці я не маю каяття.
Я признаю вам рацію. Забудьте
мої химери – вже вони минули.

Командор
Осе слова справдешньої грандеси!
Тепер я пізнаю свою дружину.
Простіть, я був на мить не певен вас,
і так мені тоді самотньо стало,
і боротьба здалась мені тяжкою
за той щабель, що має нас поставить
ще вище.

Анна
(живо)
За який щабель? Таж вище
є тільки трон!

Командор
Так, тільки трон.
(Пауза).

Давно б я
сей план вам розказав,
якби я бачив,
що ви тим жити можете,
чим я.

Анна
А ви сього не бачили?

Командор
Я каюсь.
Але тепер я кожний крок мій хочу
робити з вами враз. Найвища скеля
лише тоді вінець почесний має,
коли зів'є гніздо на ній орлиця.

Анна
Орлиця?

Командор
Так, орлиця тільки може
на гострому і гладкому шпилі
собі тривку оселю збудувати
і жити в ній, не боячись безвіддя,
ні сонця стріл, ані грізьби перунів.
За те їй надгорода – високості…

Анна
(переймає)
…у чистому нагірному повітрі
без пахощів облесливих долин.
Чи так?

Командор
Так. Дайте руку.

Анна подає руку, він стискає.

І добраніч.

Анна
Ви йдете?

Командор
Так, на раду капітулу*,
як часом запізнюся, то не ждіть.

* *Капітул — зібрання членів якогось ордену.*

(*Виходить*).

*Анна сідає і задумується.
Увіходить покоївка Маріквіта.*

Анна
Ти, Маріквіто? Де моя дуенья?

Маріквіта
Їй раптом так чогось недобре стало,
аж мусила лягти. Але як треба,
то я таки її покличу.

Анна
Ні,
нехай спочине. Заплети мені

волосся на ніч та й іди.

Маріквіта
(заплітаючи Анні коси)
Я маю
сеньйорі щось казати, тільки ждала,
щоб вийшов з дому наш сеньйор.

Анна
Даремне.
Я від сеньйора таємниць не маю.

Маріквіта
О, певна річ! Адже моя сеньйора
зовсім свята! Я саме се казала
тому слузі, як брала ті квітки.

Анна
Який слуга? Що за квітки?

Маріквіта
Недавно
слуга якийсь приніс квітки з гранати
від когось для сеньйори.

Анна
(гнівно)
Буть не може!
Квітки з гранати, кажеш? І для мене?

Маріквіта
Не знаю... Він казав... Воно-то правда –

зухвало трохи, бо квітки з гранати –
то знак жаги. Та що я поясняю!
Адже се всім відомо.

А н н а
Маріквіто,
я мушу знать, від кого ся образа!

М а р і к в і т а
Слуга імення не сказав, лиш мовив,
квітки ті даючи: "Се донні Анні
від мавра вірного".

Анна уривчасто скрикує.

Сеньйора знає,
від кого то?

А н н а
(збентежена)
Не треба тих квіток...

М а р і к в і т а
Я принесу,
хоч покажу.

А н н а
Не треба!

Маріквіта, не слухаючи, вибігає і миттю вертається з китицею червоного гранатового цвіту.

(Одхиляючи квіти рукою та одвертаючись).
Геть викинь їх!

Маріквіта
Я б їх собі взяла,
коли сеньйора їх не хоче. Тут же
квітки навдивовижу…

Анна
Так… візьми…

Маріквіта
От завтра я заквітчаюсь!

Анна
Іди!

Маріквіта
Чи тут не треба
відчинити вікон?
Страх душно!

Анна
(в задумі, безуважно)
Відчини.

Маріквіта
(одчиняючи)
І жалюзі?

Анна
Ні, може, видко з вулиці.

Маріквіта
(одчиняючи жалюзі)
Та де ж там!
Тепер на вулиці зовсім безлюдно.
Тут не Севілья! Ох, тепер в Севільї
дзвенять-бринять всі вулиці від співів,
повітря в'ється в прудкій мадрилені!
А тут повітря кам'яне...

Анна
(нервово)
Ой, годі!

Маріквіта, говорячи, вихилилась із вікна і розглядається на всі боки; раптом робить рукою рух, наче кидаючи щось.

(Завваживши рух).

Та що ти, Маріквіто?!

Маріквіта
(невинно)
Що? Нічого.

Анна
Ти кинула до когось квітку?

Маріквіта
Де ж там!
Я нетлю проганяла... Чи сеньйора
нічого більш не потребує?

Анна
Ні.

Маріквіта
(кланяється, присідаючи)
Бажаю гарних, гарних снів!

Анна
Добраніч!

Маріквіта вийшла, а вийшовши, полишила в кімнаті китицю з гранат. Анна, оглянувшись на двері, тремтячою рукою бере ту китицю і з тугою дивиться на неї.

(Стиха).
Від мавра вірного...

Дон Жуан без шелесту, зручно влазить вікном, кидається на коліна перед Анною і покриває поцілунками її одежу й руки.

(Впустивши китицю, в нестямі).
Ви?!

Дон Жуан
Я! ваш лицар!
Ваш вірний мавр!

Анна
(опам'ятавшись)
Сеньйоре, хто дозволив?..

Дон Жуан
(уставши)
Навіщо сеє лицемірство, Анно?
Я ж бачив, як ви тільки що держали
сю китицю.

Анна
Се трапилось випадком.

Дон Жуан
Такі випадки я благословляю!

(*Простягає до Анни руки, вона борониться рухом*).

Анна
Я вас прошу,
ідіть,
лишіть мене!

Дон Жуан
Ви боїтесь мене?

Анна
Я не повинна
приймати вас...

Дон Жуан
Які слова безсилі!
Колись я не такі од вас чував!
Ох, Анно, Анно, де ж ті ваші горді
колишні мрії?

Анна
Ті дівочі мрії –
то просто казка.

Дон Жуан
А хіба ж ми з вами
не в казці живемо? На кладовищі,
між сміхом і слізьми, вродилась казка,
у танці розцвіла, зросла в розлуці...

Анна
І час уже скінчитись їй.

Дон Жуан
Як саме?
Що вірний лицар визволить принцесу
з камінної в'язниці, і почнеться
не казка вже, а пісня щастя й волі?

Анна
(хитає головою)
Хіба не може казка тим скінчитись,
що лицар просто вернеться додому,
бо вже запізно рятувать принцесу?

Дон Жуан
О ні! такого в казці не буває!
Таке трапляється хіба в житті,
та й то в нікчемному!

Анна
Мені нічого

од вас не треба. Я вас не прошу
ні рятувать мене, ні потішати.
Я вам не скаржусь ні на що.

Дон Жуан
Ох, Анно,
хіба я сам не бачу?..

(Ніжно).
Сії очі,
колись блискучі, горді, іскрометні,
тепер оправлені в жалобу темну
і погасили всі свої вогні.
Сі руки, що були мов ніжні квіти,
тепера стали мов слонова кість,
мов руки мучениці... Сяя постать
була мов буйна хвиля, а тепера
подібна до тії каріатиди,
що держить на собі тягар камінний.

(Бере її за руку).
Кохана, скинь же з себе той тягар!
Розбий камінну одіж!

Анна
(в знесиллі)
Я не можу...
той камінь... він не тільки пригнітає,
він душу кам'янить... се найстрашніше.

Дон Жуан
Ні, ні! Се тільки сон, камінна змора!

Я розбуджу тебе вогнем любові!

(Він пориває Анну в обійми, вона схиляється йому на плече і проривається риданням).

Ти плачеш? Сії сльози помсти просять!

Чутно, як здалека забряжчав ключ у замку, потім на сходах чутно важкі, повільні кроки командора.

Анна
Се похода Гонзага! Утікайте!

Дон Жуан
Втікати? Ні. Тепер я маю змогу
йому не уступитися з дороги.

Командор
(увіходить і бачить дон Жуана)
Ви?
Тут?

Дон Жуан
Я тут, сеньйоре де Мендоза.
Прийшов подякувать за веледушність,
колись мені показану. Тепер
я рівня вам. Либонь, се вам відомо?

Командор мовчки добуває свою шпагу, дон Жуан свою, і вступають в бій.
Донна Анна скрикує.

Командор
(оглядаючись на неї)
Я вам наказую мовчати.

Дон Жуан коле його в шию, він падає і вмирає.

Дон Жуан
Край!

(Обтирає шпагу плащем командоровим).

Анна
(до дон Жуана)
Що ви зробили!

Дон Жуан
Що? Я подолав
сперечника у чеснім поєдинку.

Анна
Сього за поєдинок не признають, –
ви будете покарані за вбивство.

Дон Жуан
Мені се байдуже.

Анна
Але мені
не байдуже, щоб тут мене взивали
подвійною вдовою
і по коханцю,

і по мужу!

Дон Жуан
Я ж іще не був
коханцем вашим.

Анна
Сеє знаєм ми.
Та хто ж тому повірить! Я не хочу
з іменням зрадниці, з печаттю ганьби
зостатися у сім гнізді осинім.

Дон Жуан
Втікаймо вкупі!

Анна
Ви ума збулися?
Се значить взяти камінь у дорогу!
Ідіть від мене, бо інакше зараз
я крик здійму й скажу, що ви хотіли
мене збезчестити, зрадецьки вбивши
сеньйора де Мендоза.

Дон Жуан
Донно Анно, ви можете сказати се?!

Анна
(твердо)
Скажу.

Дон Жуан
А що, як я скажу, що ви були

коханкою і спільницею вбивства?

Анна
Се не по-лицарськи.

Дон Жуан
А ви, сеньйоро,
по-якому збираєтесь робити?

Анна
Я тільки боронюся.
І як ви
от зараз підете із сього дому,
я всім скажу і всі тому повірять,
що тут були розбійники, та й годі.

Дон Жуан стоїть в непевності.

Ну що ж? Либонь, нема про що вам думать?

Дон Жуан мовчки вилазить вікном. Анна дивиться якусь хвилину в вікно, ждучи, поки він далеко одійде. Потім бере із скриньки покраси, викидає їх у вікно і здіймає голосний крик.

Розбій! Розбій! Рятуйте! пробі! люди!

На крик її збігаються люди, вона падає, нібито зомліла.

V

*Кладовище в Мадріді. Пам'ятники переважно з темного каменю, суворого стилю.
Збоку – гранітна каплиця стародавнього будування.
Ні ростин, ні квітів.
Холодний, сухий зимовий день.*

Донна Анна в глибокій жалобі повагом іде, несучи в руках срібний нагробний вінець. За нею йде стара дуенья. Обидві надходять до могили, де стоїть пам'ятник командорові – велика статуя з командорською патерицею в правиці, а лівицею оперта на меч з розгорненим над держалном меча сувоєм.

Анна мовчки стає на коліна перед могилою, кладе вінець до підніжжя статуї і перебирає чітки, ворушачи устами.

Дуенья
(діждавшись, поки Анна раз перебрала чітка)
Я насміляюся прохать сеньйору
дозволити мені зайти на хвильку,
зовсім близенько, тут-таки, при брамі,
до родички позичить рукавичок, –
я їх забула дома, на нещастя,
а холод лютий.

Анна
Се не випадає,
щоб я лишилась тут на самоті.

Дуенья
Моя сеньйоро милостива! Пробі
таж я стара, гостець мене так мучить!
Сеньйора бачить, як напухли руки?
Я, далебі, від болю ніч не спала.

Анна
(глянувши на руки дуеньї)
А справді, спухли. Ну, вже добре, йдіть,
лиш не баріться.

Дуенья
Буду поспішати.
Моя сеньйора – янгол милосердя!

(Відходить).

Ледве дуенья відійшла, з-за близького пам'ятника з'являється дон Жуан.

Анна схоплюється на рівні ноги.

Дон Жуан
Нарешті я вас бачу!

Анна
Дон Жуане!
Се ви мою дуенью підкупили?

Дон Жуан
Ні, я улучив мить. А хоч би й так,
то ви самі були б із того винні.

Анна
Я?

Дон Жуан
Ви. Бо хто ж примушує мене
годинами блукать по кладовищі,
вас виглядаючи? І лиш на теє,
щоб я мав щастя бачити, як ви
під охороною дуеньї тута
читаєте нещирі молитви
на гробі "незабутнього"...

Анна
(спиняє його рухом руки)
Стривайте.
Ніхто вас не примушує — се перше,
а друге — молитви мої правдиві,
бо сталась я, хоча і мимоволі,
причиною до смерті чоловіка,

що поважав мене й любив.

Дон Жуан
Сеньйоро,
поздоровляю! Успіхи великі!

Анна
В чому?

Дон Жуан
У лицемірстві.

Анна
Я не мушу
такого вислухати.

(Раптово рушає геть).

Дон Жуан
(удержуючи її за руку)
Донно Анно!
Я не пущу вас!

Анна
Я кричати буду.

Дон Жуан
(випускає її руку)
Я вас благаю вислухать мене.

Анна
Як ви покинете свій тон вразливий,

я згоджуюсь.
Але кажіть коротко,
бо ще надійде хто, а я не хочу,
щоб нас побачили удвох.

Дон Жуан
Дивую,
для чого вам сі пута добровільні!
Я думав – от уже розбився камінь,
тягар упав, людина ожила!
Та ні, ще наче ствердла та камінна
одежа ваша. Дім ваш – наче вежа
під час облоги: двері на замках,
а заздрі жалюзі не пропускають
ні променя, ні погляду. Всі слуги –
суворі, збройні, непідкупні...

Анна
Значить,
були вже проби підкупити?

Дон Жуан
Анно,
хіба одчай не має прав своїх?
Адже, приходячи до вас одкрито,
я чув одно: "Сеньйора не приймає".

Анна
Подумайте самі: чи ж випадає,
щоб молода вдова, та ще й в жалобі,
приймала лицаря такої слави,
як ви, на самоті?

Дон Жуан
Ох, Анно, Анно!
Мені здається, я вже трачу розум!..
Се ви? Се справді ви?.. Та сама врода...
а речі, речі! Хто вас їх навчив?
Хто одмінив вам душу?

Анна
Дон Жуане,
ніхто мені не одмінив душі.
Вона була у мене зроду горда,
такою ж і зосталась. Я тому
замкнулася в твердиню неприступну,
щоб не посмів ніхто сказати: "Ба, звісно,
зраділа вдівонька, – ввірвався ретязь!"
Невже ж би ви сами стерпіли сеє?

Дон Жуан
Хіба вже я не маю шпаги, Анно?

Анна
Так що ж – ви обезлюдите Мадрід?
Та чи могли б ви шпагою відтяти
всі косі погляди, ухмилки, шепти,
моргання, свисти і плечей стискання,
що скрізь мене б стрічали й проводжали?

Дон Жуан
Втікаймо, Анно!

Анна
Ха-ха-ха!

Дон Жуан
Вам смішно?

Анна
Якби не засміялась, позіхнула б,
а се ж хіба миліше вам?

Дон Жуан
Сеньйоро!!

Анна
Та вже ж утретє чую сі слова,
то може й надокучити.

Дон Жуан
Я бачу,
ви справді камінь, без душі, без серця.

Анна
Хоч не без розуму – ви признаєте?

Дон Жуан
О, се я признаю!

Анна
Скажіть, навіщо
втікати нам тепер? Який в тім глузд?
Коли ви зводили дівчат і крали
жінок від чоловіків, то не дивно,
що вам траплялося втікати з ними,
а хто баніт, той, звісно, утікач.
Але себе самого посилати

в вигнання? і для чого? Щоб узяти
вдову, що ні від кого не залежна?
Самі подумайте, чи се ж не сміх?
І чим була б я вам, якби погналась
тепер із вами в світ? Запевне тільки
забавою на час короткий.

Дон Жуан
Анно,
я так нікого не любив, як вас!
Для мене ви були немов святиня.

Анна
Чому ж ви намагались нерозумно
стягти свою святиню з п'єдесталу?

Дон Жуан
Бо я хотів її живою мати,
а не камінною!

Анна
Потрібен камінь,
коли хто хоче будувати міцно
своє життя і щастя.

Дон Жуан
Та невже
ви й досі вірити не перестали
в камінне щастя? Чи ж я сам не бачив,
як задихались ви під тим камінням?
Чи я ж не чув у себе на плечі
палючих сліз? Адже за тії сльози

він заплатив життям.

(Показує на статую).

Анна
І безневинно.

Дон Жуан
(відступає від неї вражений)
Коли се так...

Анна
Авжеж, не він був винен
з неволі тої. Він тягар ще більший
весь вік носив.

Дон Жуан
Його була в тім воля.

Анна
І я по волі йшла на те життя.
Але йому було терпіти легко,
бо він мене любив. То справді щастя —
поставити на ясному верхів'ї
того, кого кохаєш.

Дон Жуан
Ті верхів'я...
Ви знаєте про їх мої думки.

Анна
Що варта думка проти світла щастя?

Хіба ж мені страшна була б неволя
суворої сієї етикети,
якби я знала, що в моїй твердині
мене мій любий жде? що ті замки
і заздрі жалюзі лише сховають
від натрутних очей мої розкоші...

Дон Жуан
Ви, Анно, мов розпеченим залізом,
словами випробовуєте серце!
Малюєте мені картину щастя
на те, щоб знов сказать: "Се не для тебе".
Та чим же маю заслужити вас?
Я через вас терплю таємну ганьбу.
Живу, немов якась душа покутна,
серед людей чужих або й ворожих,
життям безбарвним, я б сказав, негідним,
бо глузду в нім немає! Що ж вам треба?
Чи маю я зложити вам під ноги
свою так буйно виковану волю?
Чи ви повірите? – мені з одчаю
і сяя думка стала набиватись
настирливо.

Анна
Але з одчаю тільки?

Дон Жуан
Невже б хотіли ви покласти примус
поміж нами? Ви не боїтесь,
що він задавить нам любов живую,
дитину волі?

Анна
(показує на статую командора)
Він колись казав:
"То не любов, що присяги боїться".

Дон Жуан
В таку хвилину ви мені нічого
не маєте сказати, окрім згадки
про нього?!

Анна
Що ж я можу вам сказати?

Дон Жуан
(хапає її за руку)
Ні, се скінчитись мусить! Бо інакше
я присягаю, що піду от зараз
і викажу на себе.

Анна
Се погроза?

Дон Жуан
Ні,
не погроза, а смертельний стогін,
бо я конаю під камінним гнітом!
Вмирає серце! Я не можу, Анно,
з умерлим серцем жити. Порятуйте
або добийте!

(Стискає їй обидві руки і весь тремтить, дивлячись їй у вічі).

Анна
Дайте час... я мушу
подумати...

(Задумується).

Від брами наближається стежкою донна Консепсьйон – поважна грандеса, з дівчинкою і дуеньєю. Анна їх не бачить, бо стоїть плечима до стежки. Дон Жуан перший завважає прибулих і випускає Аннині руки.

Дівчинка
(підбігаючи до Анни)
Добридень, донно Анно!

Донна Консепсьйон
Сеньйора молиться, не заважай.

Анна
(збентежена)
Добридень, донно Консепсьйон! Добридень,
Розіночко... Така мені біда
з дуеньєю – пішла по рукавиці
та й забарилась, а іти додому
мені самій по місті...

Донна Консепсьйон
Донно Анно,
таж тута лицар є, провести міг би.

(До дон Жуана).

Сеньйоре де Маранья, я й не знала,
що ви сеньйорі де Мендоза родич!
Вам слід її хоч трохи розважати,
бо так заслабнути недовго з туги.

(До дівчинки, що побігла вперед).
Розіно, підожди!

(До Анни).
Моя пошана!

Дон Жуан уклоняється. Донна Консепсьйон ледве киває йому головою і проходить за дівчинкою на другий куток кладовища поза каплицею. Дуенья йде за нею, оглянувшись кілька раз цікаво на Анну і дон Жуана.

А н н а
(до дон Жуана)
Тепер ідіть убийте тую пані,
та тільки се не буде ще кінець
роботі шпаги вашої... Радійте!
Тепер уже не треба визволяти –
впаде сама з гори принцеса ваша!

(В одчаю хапається за голову).

Я знаю! ви надіялись на те,
чигаючи у засідках на мене,
що, ганьбою підбита, я з одчаю
до рук вам попаду, як легка здобич?
Але сього не буде!

Дон Жуан
Присягаю –
я не хотів сього, не міг хотіти.
Негідних перемог я не шукаю.
Чим можна се поправити? Скажіте.
Готовий я зробити все для вас,
аби не бачить вас в такім одчаю.

Пауза.
Анна думає.

Анна
Прийдіть до мене завтра на вечерю.
Я вас прийму. І ще гостей покличу.
Нам, може, краще бачитись прилюдно...
Я, може, якось... Ах, іде дуенья!

Дуенья
(наближаючись)
Сеньйора хай пробачить...

Анна
Ви не винні,
що застарі для служби.

Дуенья
(жалібно)
О!..

Анна
Ходім.
(Мовчки киває головою дон Жуанові, той

низько вклоняється).

Анна з дуеньєю виходять.

Сганарель
(виходить з каплиці)
Що ж, можна вас поздоровити, пане?
Запросини дістали на вечерю?
Та ви щось мов не раді... Се то правда —
в тім домі їсти... ще там почастують
з начиння того пана...

(Показує на статую командора).

Дон Жуан
Ну, так що?

Сганарель
Та те, що якби сей сеньйор знайшовся
там завтра при столі супроти вас,
то...

Дон Жуан
Ти гадаєш, може б, я злякався?
Так я ж із ним стрівався вже не раз.

Сганарель
То що! Мертвяк страшніший від живого
для християнина.

Дон Жуан
Тільки не для мене!

Сганарель
А все ж би ви його не запросили
на завтрашню вечерю.

Дон Жуан
Бо не просять
господаря.

Сганарель
Принаймні сповіщають.

Дон Жуан
Ну що ж, іди і сповісти його.
Я бачу, ти навчився етикети
від того часу, як у гранда служиш,
а не в баніта.

Сганарель
Як же сповістити?
Од вашого імення?

Дон Жуан
Та звичайне.

Сганарель
Чого ж мені іти? Простіше ж вам.

Дон Жуан
То дбав про етикету, а тепера
простоти захотів? Ей, Сганарелю,
набрався ти тут заячого духу!
Не йде тобі Мадрід сей на користь.

Сганарель
А вам Мадрід нічого не завадив?

Дон Жуан
Ну, ну,
іди і сповісти його!

Сганарель
(рушає, але спиняється, оглянувшись на дон Жуана)
А що, як я вам принесу відповідь?

Дон Жуан
Вже ж не інакше.
Так я й сподіваюсь.

Сганарель
(іде до статуї, вклоняється низько й проказує з насмішкою, але й з тремтінням у голосі)

Незрушно-міцний і величний пане!
Зволіть прийнять привіт від дон Жуана,
сеньйора де Маранья із Севільї,
маркіза де Теноріо і гранда.
Мій пан дістав високу честь запросин
од вашої дружини донни Анни
і має завтра ставитись на учту
в ваш дім. Але як вам то недогідно,
то пан мій здержиться від завітання.

Дон Жуан
Ну, се останнє зайво.

Сганарель
Ні, не зайво,
інакше – нащо й сповіщати?

(Скрикує).
Пане!
Він вам дає відповідь, ще й листовну!

Дон Жуан
Яку відповідь? Де?

Сганарель
(читає)
"Приходь, я жду".

Дон Жуан надходить.

Сганарель показує йому на сувій пергаменту в лівиці статуї.

Дон Жуан
(після паузи)
Ну що ж, і я, либонь, не без девізи.

Виходять з кладовища.

VI

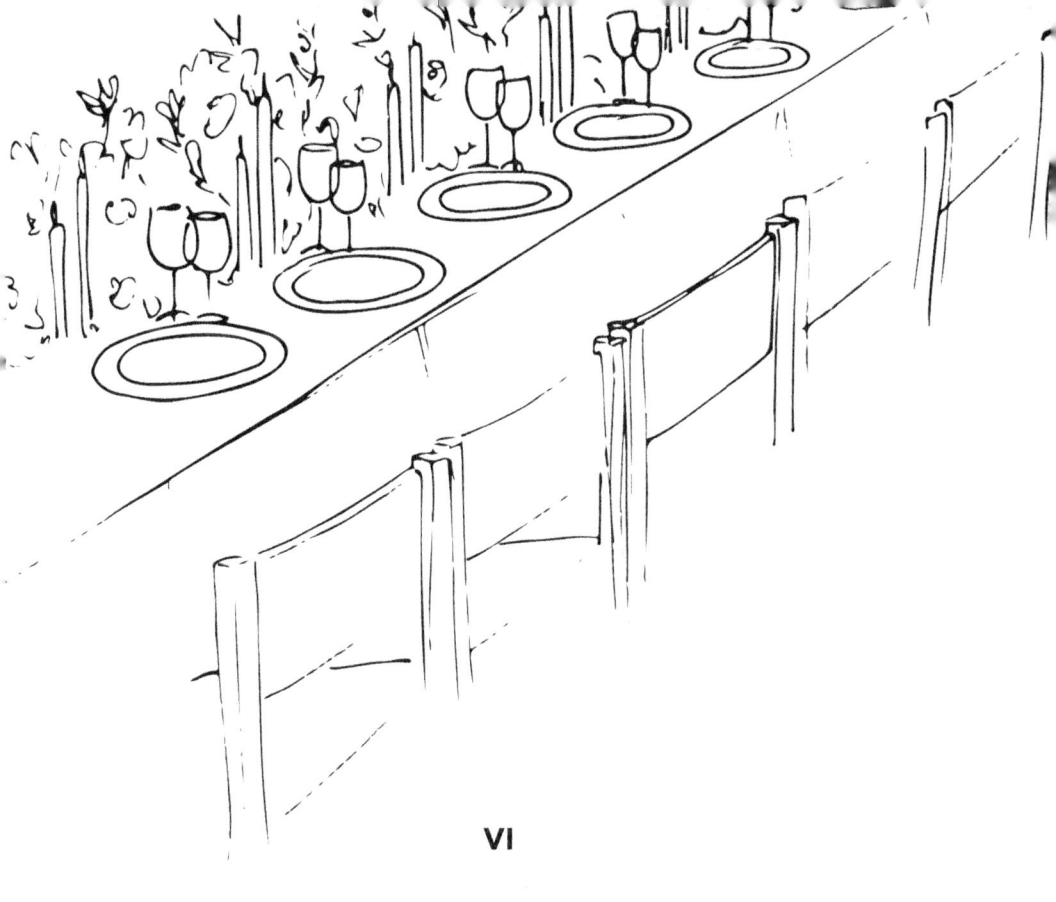

Світлиця для бенкетів у командоровій оселі. Не дуже велика, але гарно прикрашена різьбленими шафами, мисниками з дорогим начинням, арматурами тощо. Посередині довгий стіл, накритий до званої вечері, навколо нього дубові стільці важкого стилю. При одній стіні проти кінця стола великий портрет командора з чорним серпанком на рамі, проти другого кінця довге вузьке свічадо, що сягає підлоги, стілець, що стоїть на чільнім місці, приходиться спинкою до свічада, а передом проти портрета. Слуга відчиняє двері з сусідньої кімнати, інші слуги лагодяться прислужувати при столі.

Донна Анна уводить гурт гостей, здебільшого старшого віку, поважних, гордовитих, темно вбраних. Сама Анна у білій сукні, лямованій по всіх рубцях широкою чорною габою.

Анна
Прошу сідати, дорогії гості.

(До найстарішого гостя, показуючи на чільне місце).
Ось ваше місце.

Найстаріший гість
Ні, сеньйоро мила,
пробачте, я не сяду, хай лишиться
воно порожнім. Буде нам здаватись,
що наш господар тільки запізнився
і має ще прибути на бесіду.
Се вперше ми тут сходимось без нього,
і тяжко звикнути до тої думки,
що слід його закрила ляда смерті.

Анна
(сівши в кінці стола під портретом командора, проти чільного місця, зоставленого порожнім, подає знак слугам, щоб частували гостей, що вже позаймали свої місця)

Мої панове й пані, — розростіться,
приймайтеся, частуйтеся і будьте
вибачними, якщо неповний лад

на вдовиній бесіді буде. Трудно
вдові самотній вдержати в господі
той лицарський порядок, що потрібен
для честі дому.

Донна Консепсьйон
(стиха до своєї сусідки, молодшої пані)
Начебто для честі
потрібні бенкети серед жалоби,
а іншого нічого не потрібно.

Донна Клара
(сусідка донни Консепсьйон)
Та досі донна Анна у всьому
додержувала честі.

Донна Консепсьйон
Донно Кларо!
Я знаю те, що знаю…

Донна Клара
(з косим поглядом на Анну)
Ні… хіба?

Слуга
(на порозі)
Прибув маркіз Теноріо.

Анна
Проси.

Дон Жуан увіходить і спиняється коло порога.

(Кивнувши дон Жуанові на привіт, звертається до гостей).

Дозвольте вам, моє шановне панство,
представити сеньйора де Маранья,
маркіза де Теноріо.

(До дон Жуана).

Сеньйоре,
прошу сідати.

Дон Жуан, пошукавши поглядом собі стільця, займає чільне місце. Угледівши напроти себе портрета командора, здригається.

А н н а
(до слуги)
Дай вина сеньйору.

Слуга подає дон Жуанові більший і кращий кубок, ніж іншим.

Один гість
(сусід дон Жуана)
Я пізнаю сей кубок. Нам годиться
того згадать, хто з нього пив колись.

(Простягає свого кубка до дон Жуана).

Нехай же має дух його лицарський
в сім домі вічну пам'ять!

Дон Жуан
(торкаючи гостевого кубка своїм)
Вічний спокій!

Стара грандеса
(що сидить праворуч донни Анни. Стиха, нахилившись до господині)
Я мало знаю їх,
тих де Маранья, –
чи се не дон Жуан?

Анна
Йому наймення
Антоніо-Жуан-Луїс-Уртадо.

Стара грандеса
Ах, значить – се не той...

Донна Консепсьйон
(наслухає сю розмову, іронічно всміхається, нишком до сусідки)
Якраз той самий!

Старий гранд
(до сусіда свого, молодшого гранда)
Чи ви не знаєте, чим де Маранья
так переважив нас, що без намислу
на чільнім місці сів?

Молодший гранд
(похмуро)
Не знаю, справді.

Старий гранд
Запевне, тим, що честь його нова,
а наша вже зостарілась.

Молодший гранд
Запевне.

Донна Консепсьйон
(до дон Жуана, голосно)
Послухайте, сеньйоре де Маранья,
я вас не встигла розпитати вчора, –
не хтіла вам перебивать розмови,
коли ви потішали донну Анну
на гробі мужа, – а проте цікаво
мені довідатись, який же саме
ви родич їй? Запевне, брат у перших?

Дон Жуан
Ні, ми зовсім не родичі.

Донна Консепсьйон
Ах, так?..
Але яке в вас добре, чуле серце!
Є наказ, правда, і в письмі святому:
"Зажурених потіш…"

Анна
(трохи підвищеним голосом)
Свояцтво миле!
Дозвольте вам тепера пояснити,
чому се я таким ладом незвиклим
врядила сю вечерю…

(До дон Жуана).

Ах, пробачте,
ви мали щось казати?

Дон Жуан
Ні, прошу,
провадьте вашу мову, донно Анно.

Анна
(до лицарів)
Кохані свояки, скажіть по правді,
чи я коли чим схибила повагу
імення роду вашого?

Лицарі
Нічим!

Анна
(до дам)
Своячки любі, вам найкраще знати,
як потребує жінка молода
поради й захисту в ворожім світі.
А де ж поради й захисту шукати
вдові, що не покликана від бога
вступити в стан чернечий найсвятіший?
Ослона тая, що мені постачив
серпанок жалібний, тонка занадто,
щоб люди не могли мене діткнути
колючим осудом, хоч і невинну.
Скажіть мені, у кого й де я маю
шукати оборони?

Донна Консепсьйон
Ох, найкраще,
коли зовсім її шукать не треба!

Дон Жуан
Ще краще – колючкам не потурати
і не давать їм на поталу волі.

Найстаріший гість
(дивлячись проникливе на дон Жуана)
Своячка наша має повну волю
чинити все, що не плямує честі
імення де Мендозів. А якби
хто інший заважав своячці нашій
держати високо ту честь, – хай знає,
що є в родині лицарів багато,
і всі їх шпаги до послуги дамі.

Дон Жуан
Вона багато шпаг не потребує,
поки у мене є оця одна!

(Витягає свою шпагу до половини з піхви).

Найстаріший гість
(до Анни)
Чи вам доволі однієї шпаги
для оборони?

Дон Жуан
Як не досить шпаги,
то я знайду ще й іншу оборону.

Найстаріший гість
(знов до Анни)
Він має право се казати?

Анна
Так.

Найстаріший гість
Мені здається,
ми в сім домі зайві.

(Встає, за ним інші гості).

Сеньйор маркіз, як бачте, ще не зважив,
котору форму оборони вибрать.
Та краще се зробить на самоті,
аніж прилюдно. А рішинець, певне,
нам оголосять не пізніш, як завтра,
або вже ми його сами вгадаєм.

(Вклоняється Анні, за ним усі гості, рушають із світлиці).

Донна Анна і дон Жуан лишаються сами.

Дон Жуан
От і замкнулася камінна брама!

(Гірко, жовчно сміється).

Як несподівано скінчилась казка!
З принцесою і лицар у в'язниці!..

Анна
Чи то ж кінець лихий – собі дістати
з принцесою і гордую твердиню?
Чого ж нам думати, що се в'язниця,
а не гніздо – спочин орлиній парі?
Сама звила я се гніздо на скелі,
труд, жах і муку – все переборола
і звикла до своєї високості.
Чому не жити й вам на сім верхів'ї?
Адже ви знаєте крилатий дух –
невже лякають вас безодні й кручі?

Дон Жуан
Мене лякає тільки те, що може
зломити волю.

Анна
Волі й так немає,
її давно забрала вам Долорес.

Дон Жуан
О ні! Долорес волі не ламала!
Вона за мене душу розп'яла
і заколола серце!

Анна
А для чого?
Щоб вам вернути знов громадські пута,
колись такі ненавидні для вас!

Дон Жуан
О, певне, я б не витримав їх довго,

якби не ви. Я б розрубав їх знову,
коли інакше з них нема визволу.

Анна
Хто самохіть їх прийме хоч на мить,
тому навік вони вгризуться в душу –
я добре знаю се, мені повірте! –
і вже їх скинути з душі не можна,
та можна силою й завзяттям духа
зробити з них ланцюг потужний влади,
що вже й громаду зв'яже, наче бранку,
і кине вам до ніг! Я вам кажу:
нема без влади волі.

Дон Жуан
Хай і так.
Я владу мав над людськими серцями.

Анна
Так вам здавалося. А ті серця
від влади вашої лиш попеліли
і внівець оберталися. Єдине
зосталось незруйноване – моє,
бо я вам рівня.

Дон Жуан
Тим я так змагався,
щоб вас подужати!

Анна
І то даремне.
Хіба ж не краще нам з'єднати силу,

щоб твердо гору ту опанувати,
що я на неї тяжко так здіймалась,
а вам – доволі тільки зняти персня
з мізинця і мені його віддати.

Дон Жуан
Долорес персня маю вам віддати?!

Анна
Чом ні? Таж я Долорес не вбивала.
Се ви поклали в сьому домі трупа,
що мусив би лежати межи нами
неперехідним і страшним порогом.
Але готова я переступити
і сей поріг, бо я одважна зроду.

Дон Жуан
Багато в чім мене винують люди,
але одвагу досі признавали
і друзі й вороги.

Анна
Її в вас досить,
щоб вихід прорубати з сього дому,
Вас не злякають шпаги де Мендозів,
того я певна.

Дон Жуан
Як же з вами буде?

Анна
Що вам до того? Мною не журіться.

Найгірше лихо – легше, аніж поміч
нещира, вимушена.

Дон Жуан
Ось мій перстень!

(Здіймає персня з мізинця і дає Анні).

Анна
(міняється з ним перснями)
Ось мій. А хутко я вам подарую
інакший: щоб печаті прикладати
до командорських актів.

Дон Жуан
Як то?

Анна
Так.
Я вам здобуду гідність командорську.
Бо вже ж обранець мій не стане низько
в очах лицарства й двору. Всі те знають,
що лицарем без страху ви були
і в ті часи, коли були банітом,
а вже тепер ви станете зразком
усіх чеснот лицарських – вам се легко...

Дон Жуан
(впадає в річ)
По-вашому, се легко – утопитись
у тім бездоннім морі лицемірства,
що зветься кодексом чеснот лицарських?

Анна
Доволі вже порожніх слів, Жуане!
Що значить "лицемірство"? Таж признайте,
що й ви не все по щирості чинили,
а дещо й вам траплялось удавати,
щоб звабити чиї прекрасні очі,
то відки ж се тепер така сумлінність?
Чи, може, тут мета вам зависока?

Дон Жуан
(в задумі)
То се я мав би спадок одібрати
після господаря твердині сеї?..
Як чудно... лицар волі – переймає
до рук своїх тяжкий таран камінний,
щоб городів і замків добувати...

Анна
Ви, лицар волі, як були банітом,
були бандитом.

Дон Жуан
Я ним бути мусив.

Анна
А, мусили? То де ж була та воля,
коли був примус бити й грабувати,
щоб вас не вбили люди або голод?
Я в тім не бачу волі.

Дон Жуан
Але владу,

признайте, мав я.

А н н а
Ні, не признаю!
Було "взаємне полювання" тільки, –
я пам'ятаю, як ви се назвали,
так бути ж ловчим не велика честь!
Ви ще не знаєте, що значить влада,
що значить мати не одну правицю,
а тисячі узброєних до бою,
що можуть і скріпляти й руйнувати
всесвітні трони, й навіть – здобувати!

Д о н   Ж у а н
(захоплений)
Се горда мрія!

А н н а
(приступає ближче, пристрасно шепоче)
Так, здобути трон!
ви мусите у спадок перейняти
і сюю мрію вкупі з командорством!

(Підбігає до шафи і виймає звідти білий плащ командорський).

Дон Жуан одразу здригається, але не може одвести очей од плаща, захоплений словами Анни.

Жуане, гляньте! от сей білий плащ,
одежа командорська! Се не марне

убрання для покраси! Він, мов прапор,
єднає коло себе всіх одважних,
усіх, що не бояться крів'ю й слізьми
сполучувать каміння сили й влади
для вічної будови слави!

Дон Жуан
Анно! Я досі вас не знав.
Ви мов не жінка,
і чари ваші більші від жіночих!

Анна
(приступає до дон Жуана з плащем)
Приміряйте сього плаща.

Дон Жуан
(хоче взяти, але спиняється)
Ні, Анно, мені ввижається на ньому кров!

Анна
Се плащ новий, ще й разу не надітий.
А хоч би й так? Хоч би і кров була?
З якого часу боїтесь ви крові?

Дон Жуан
Се правда, що мені її боятись?
Чому мені не взять сього плаща?
Адже я цілий спадок забираю.
Вже ж я господар буду сьому дому!

Анна
О, як ви се сказали по-новому!

Я прагну швидше вас таким побачить,
яким ви стати маєте навік!

*(Подає плаща, дон Жуан бере його на себе,
Анна дає йому меча, командорську патерицю
і шолом з білими перами, знявши з стіни).*

Яка величність! Гляньте у свічадо!

*Дон Жуан підходить до свічада і
раптом скрикує.*

Анна
Чого ви?

Дон Жуан
Він!.. його обличчя!

*(Випускає меч і патерицю і затуляє
очі руками).*

Анна
Сором!
Що вам привиділось? Погляньте ще.
Не можна так уяві попускати.

Дон Жуан
*(зо страхом одкриває обличчя. Глянув.
Здавленим від несвітського жаху голосом).*
Де я?
мене нема... се він...
камінний!

(Точиться од свічада вбік до стіни і притуляється до неї плечима, тремтячи всім тілом).

Тим часом із свічада вирізняється постать командора, така, як на пам'ятнику, тільки без меча й патериці, виступає з рами, іде важкою камінною ходою просто до дон Жуана. Анна кидається межи дон Жуаном і командором. Командор лівицею становить донну Анну на коліна, а правицю кладе на серце дон Жуанові. Дон Жуан застигає, поражений смертельним остовпінням. Донна Анна скрикує і падає низьма додолу до ніг командорові.

1912. 29/IV

Printed in Great Britain
by Amazon